Ana Julia Elvira

# AnaJu
## SEM FILTROS

A vida de Ana Ju

Editora ZERO

Copyright © Ana Julia Elvira, 2020

Todos os direitos reservados à Editora Zero e protegidos pela Lei 6.610 de 19/12/1998.
É proibida a reprodução total ou parcial sem a expressa autorização da editora.
A grafia foi revisada segundo o Novo Acordo Ortográfico da Língua Portuguesa.

**Editor responsável** Vinícius Grossos
**Capa e projeto gráfico** Luiza Marcondes
**Revisão** Equipe editorial
**Ilustrações** Rawpixels e Freepik
**Fotos** Guilherme Mosqueto e acervo pessoal

```
     Dados Internacionais de Catalogação na Publicação (CIP)
              (Câmara Brasileira do Livro, SP, Brasil)

   Elvira, Ana Julia
      Ana Ju sem filtros : a vida de Ana Ju / Ana Julia
   Elvira. -- São Paulo : Editora Zero, 2020.

      ISBN 978-65-87967-08-0

      1. Elvira, Ana Julia, 2003- 2. Histórias de vida
   3. Redes sociais on-line I. Título.

 20-40548                                         CDD-920.72

              Índices para catálogo sistemático:

    1. Histórias de vida : Autobiografia     920.72

        Cibele Maria Dias - Bibliotecária - CRB-8/9427
```

EDITORA ZERO LTDA
Rua Gastão Madeira, 590 – Bloco 2 – A 85
02131-080 – São Paulo – SP
Telefone: (11) 2954-9573
Email: faleconosco@editorazero.com

**Z EDITORA ZERO**

# Sumário

1. **Abrindo o meu diário**
   Vamos falar sobre coragem! .................................. 6

2. **Quem sou eu? Quem é você?**
   Meu perfil! ............................................................. 12

3. **Minha família...**
   ...meu porto seguro! ............................................ 16

4. **A minha casa é...**
   ...onde está o meu coração! ............................... 24

5. **#PeJu**
   Meu primeiro amor! .............................................. 32

6. **Coincidência ou destino?**
   Façam suas apostas! ........................................... 48

7. **Eu e mamãe**
   Conversas sinceras ............................................. 64

8. **Sonhando acordada**
   Sonhar nos leva longe! ........................................ 70

9. **E, na noite do Oscar...**
   ...o prêmio foi para a Bela! ................................. 82

10. **Fechando o diário...**
    ...e iniciando novas histórias! Vem comigo?....... 90

# CAPÍTULO 1

# Abrindo O MEU DIÁRIO

Vamos falar sobre coragem!

**E aí, galera! Tudo bem com vocês? Aqui é a Ana Ju.**

Bem-vindos ao meu diário! Opa... Quer dizer, não é beeeeeem um diário. Vou explicar melhor e vocês vão entender.

Nessas páginas, vou contar sobre a minha vida além dos stories e das publicações no feed, além de alguns dos meus segredos que vocês sempre quiseram saber e nunca revelei.

Aposto que vocês devem estar pensando: **poxa, Ana Ju, e por que você não compartilhou nada sobre essas coisas antes?**

Bom, o motivo é bem simples: até agora, não tinha encontrado uma maneira especial de falar sobre isso.

Algum tempo atrás, as pessoas tinham o costume de escrever em diários para guardar seus segredos, sonhos, amores, medos e anseios.

Estes diários eram guardados a sete chaves e só as melhores amigas podiam ler! Além do conteúdo secreto, funcionava como um tipo de cofre: você deixava ali também as lembrancinhas que tinham a ver com os acontecimentos escritos, tipo um bilhetinho ou alguma foto.

Com toda a tecnologia que temos hoje, é meio estranho pensar nisso, né?

Tantas opções de aplicativos que existem por aí... A gente consegue se comunicar, desabafar, pedir um conselho, registrar e compartilhar fotos, falar dos crushes... Tudo isso apenas com o celular ou computador. É super legal e prático!

**Só que os registros no celular acabam se perdendo no meio de tanta coisa diferente, os stories somem em 24 horas...** E o que eu queria era que os meus segredos e as minhas lembranças especiais ficassem registrados para sempre!

Queria que fosse um momento de troca nossa, sabe?

E, aí, pensei: como eu posso compartilhar essa parte da minha vida da maneira mais especial possível?

**E foi quando surgiu a ideia de escrever um livro!**

Primeiro, confesso que fiquei meio assustada. Seria um grande desafio, talvez um dos maiores da minha vida até agora.

Mas, se tem uma coisa que eu sou, é corajosa!

**Significado de CORAJOSA no dicionário mais próximo:** Quem não tem medo; quem expressa coragem, bravura, valentia. Uma pessoa destemida. Aquela que tem disposição, força e vigor para enfrentar problemas ou situações complicadas.

Olha só, não é que eu não sinta medo. Todos nós sentimos! É muito normal.

Tem algo que minha mãe sempre me disse em momentos difíceis: "Seja corajosa. Se estiver com medo, vai com medo mesmo". E essa frase ficou guardada na minha cabeça e no meu coração.

Ficar parado no lugar não leva a gente a lugar algum, não é mesmo?

Tem até um ditado que diz:

*Mar calmo* nunca fez bom marinheiro.

É no mar agitado que se aprende a navegar!

Somando a esta coragem o fato que amo poder compartilhar meus melhores momentos com vocês, chegamos até aqui: **o sonho de escrever o meu primeiro livro, realizado!**

Espero que vocês estejam preparados!

Vamos falar sobre a vida... *Sem filtros???*

*Seja corajosa.* Se estiver com medo, vai com medo mesmo!

# CAPÍTULO 2

## Quem sou eu? QUEM É VOCÊ?

*Meu perfil!*

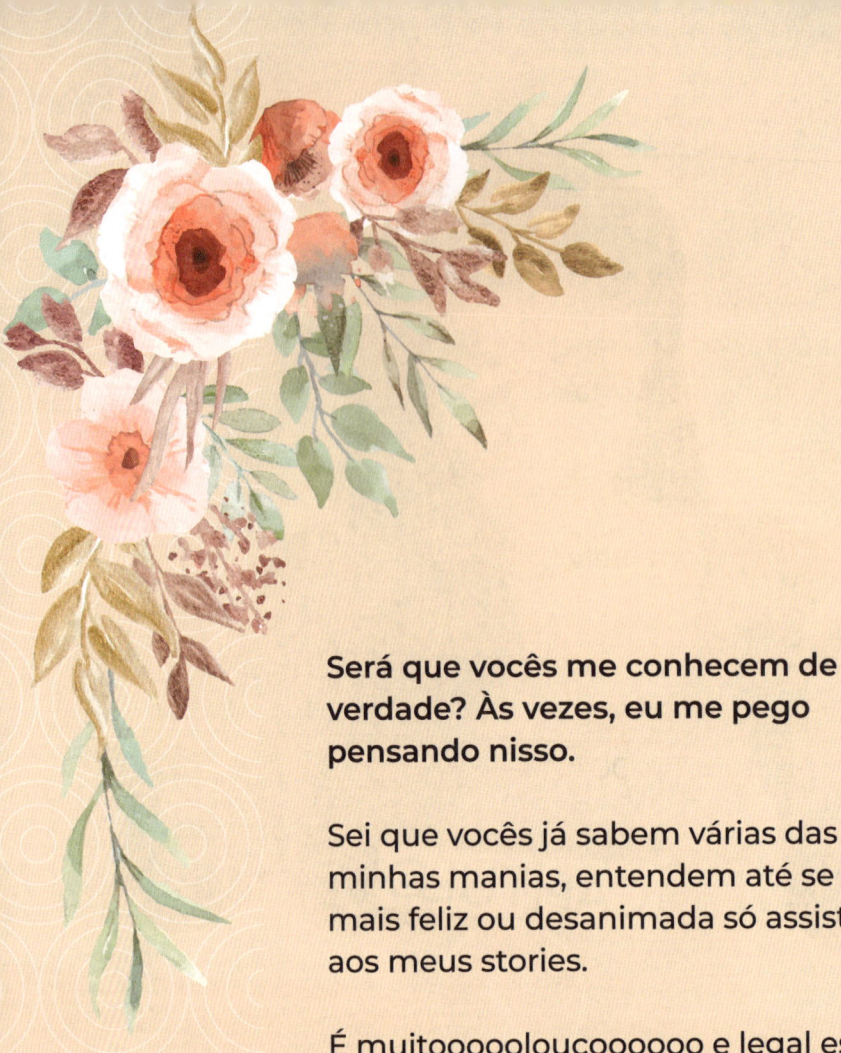

Será que vocês me conhecem de verdade? Às vezes, eu me pego pensando nisso.

Sei que vocês já sabem várias das minhas manias, entendem até se estou mais feliz ou desanimada só assistindo aos meus stories.

É muitoooooloucoooooo e legal essa conexão que a gente tem, não é?

Como influenciadora, acho que a nossa ligação é o que mais me anima e motiva a continuar criando conteúdo.

É incrível pensar que, através da tela do nosso celular, a gente consiga criar laços fortes, desenvolver sentimentos reais e conectar os nossos corações de uma maneira tão especial.

Então, para vocês poderem começar a me conhecer um pouquinho melhor, aqui vai:

**Nome:** Ana Julia Elvira

**Apelido:** Ana Ju

**@ do insta:** @anajuelv

**Idade:** 17 anos

**Data de aniversário:** 10 de setembro de 2003

**Signo:** Virgem

**Faculdade que quer fazer no futuro:** Moda ou Cinema

**Um sonho:** Viajar o mundo todo

**Um medo:** Aranhaaaas! Eca!

**Artista favorito:** Obviamente, Ariana Grande!

**Onde mora:** São Paulo

**Duas características:**
- Sonhadora, mas pé no chão.
- Organizada na minha própria bagunça.

**E agora é a vez de vocês!!!!**

Respondam também. Quero conhecer vocês melhor!

Nome: _____

Apelido: _____

@ do insta: _____

Idade: _____

Data de aniversário: _____

Signo: _____

Faculdade que
quer fazer no futuro: _____

Um sonho: _____

Um medo: _____

Artista favorito: _____

Onde mora: _____

Duas características:
- _____
- _____

## CAPÍTULO 3

# MINHA *família*...

...meu porto seguro!

Agora que a gente já se conhece melhor, que tal eu contar um pouco mais sobre a minha família?

Sempre acreditei que as pessoas que mais amamos falam muito sobre a gente: quem somos, quem queremos ser e os caminhos que iremos seguir.

Meu pai, Cléber, é meu porto seguro. Minha mãe, Leila, a maior conselheira. E meus irmãos, Thiago e Ricardo, os meus fiéis escudeiros!

**A minha família é simplesmente tudooooo pra mim!**

Na minha casa, sou a filha mais nova. E também sou a única menina! Então, assumo com gosto o posto de princesa. Hehehe!

Além deles, que estão na minha vida diariamente, quero falar de duas outras pessoas que amo e que me ensinam muitooooo.

A primeira é a minha avó: **todo mundo a conhece como Dona Lia.**

Genteeee, sério! Quero que vocês prestem muita atenção aqui, porque, real oficial, a minha avó é uma das pessoas mais incríveis que já tive o privilégio de conhecer.

Acho que todos os vovôs e vovós são anjinhos que nos protegem e nos ensinam diariamente. Ela me ensina a ver o mundo com os olhos do coração. **Aposto que os de vocês são assim também!**

Enquanto estamos sempre correndo, cheios de compromissos e tarefas a fazer, parece que, para eles, o tempo passa devagar.

> Acho que todos os vovôs e vovós são *anjinhos que nos protegem* e nos ensinam diariamente.

> *Ela me ensina a ver o mundo com os olhos do coração.*

Porque eles já sabem o valor que o tempo tem!

Uma vez, li em algum lugar que as avós são como as mães, só que de açúcar. Na hora, não entendi, e só fui compreender depois...

Sabe por que é que se diz isso? Porque o tempo que passamos com elas é sempre doce! Sempre tem um colo, um lanchinho bem gostoso e uma história divertida para contar.

E, além de tudo, nunca se cansam de cuidar de nós e nos ensinar. Aqui vai uma #DicaDaAnaJu: amem e valorizem seus avós! **São preciosos, amor puro!**

A outra pessoinha de quem eu quero falar é a Manu. Vocês já devem ter visto a minha sobrinha Manu no meu insta, né? Manu, Manuzinha, como vocês quiserem chamar!

Eu ensino muita coisa para ela, **mas, gente, vocês não têm noção do quanto eu aprendo também.**

As crianças têm uma habilidade especial, quase um superpoder. Nos contagiam com suas brincadeiras inocentes e com a forma simples de ver a vida.

Acho que conforme as pessoas vão crescendo, naturalmente vão se esquecendo de coisas que são essenciais para a felicidade.

As crianças dividem sem julgar. Sorriem e brincam o tempo todo. Elas têm o coração puro!

Acho, também, que esse é um motivo das crianças serem tão alegres. **Elas valorizam apenas o que realmente importa.**

As crianças dividem sem julgar. *Sorriem e brincam o tempo todo.* Elas têm o coração puro!

Eu adooooooro criança e poderia ficar aqui falando uma eternidade delas. Mas quero focar em três lições que a Manuzinha me ensinou e que eu nunca vou esquecer!

Por serem tão importantes, vou compartilhar com vocês também:

Primeiro: não tenha *medo de cair!*

Para aprender a andar, a gente cai. Cai horrores! Mas, depois, a gente cresce e se esquece de como aconteceu.

E eu pude acompanhar isso com a Manuzinha. Já viu alguma criança cair e desistir na mesma hora? Ela pode até chorar, faz parte...

**Mas se levanta e continua tentando, de novo e de novo, até conseguir.** A vida é assim.

*O importante é respirar fundo e ficar de pé de novo!*

**Só não deixe de se levantar!**

Por último, outra coisa que a Manu não me deixa esquecer **é de continuar sonhando!**

Quando somos crianças, não temos limitações nem barreiras na imaginação. Já percebeu?

*Podemos sonhar com qualquer coisa!*

Acho que, com a correria da vida, esquecemos de dar atenção para os sonhos, né? Mas, quando isso acontece, a vida fica sem cor.

**Por isso as crianças veem a vida de uma forma tão colorida!**

Obrigada, Manuzinha, por me lembrar que a vida sem sonhos perde a cor e a graça! São eles que nos motivam a viver!

Sua linda, te amoooo!

# CAPÍTULO 4

## A MINHA casa é...

...onde está o meu coração!

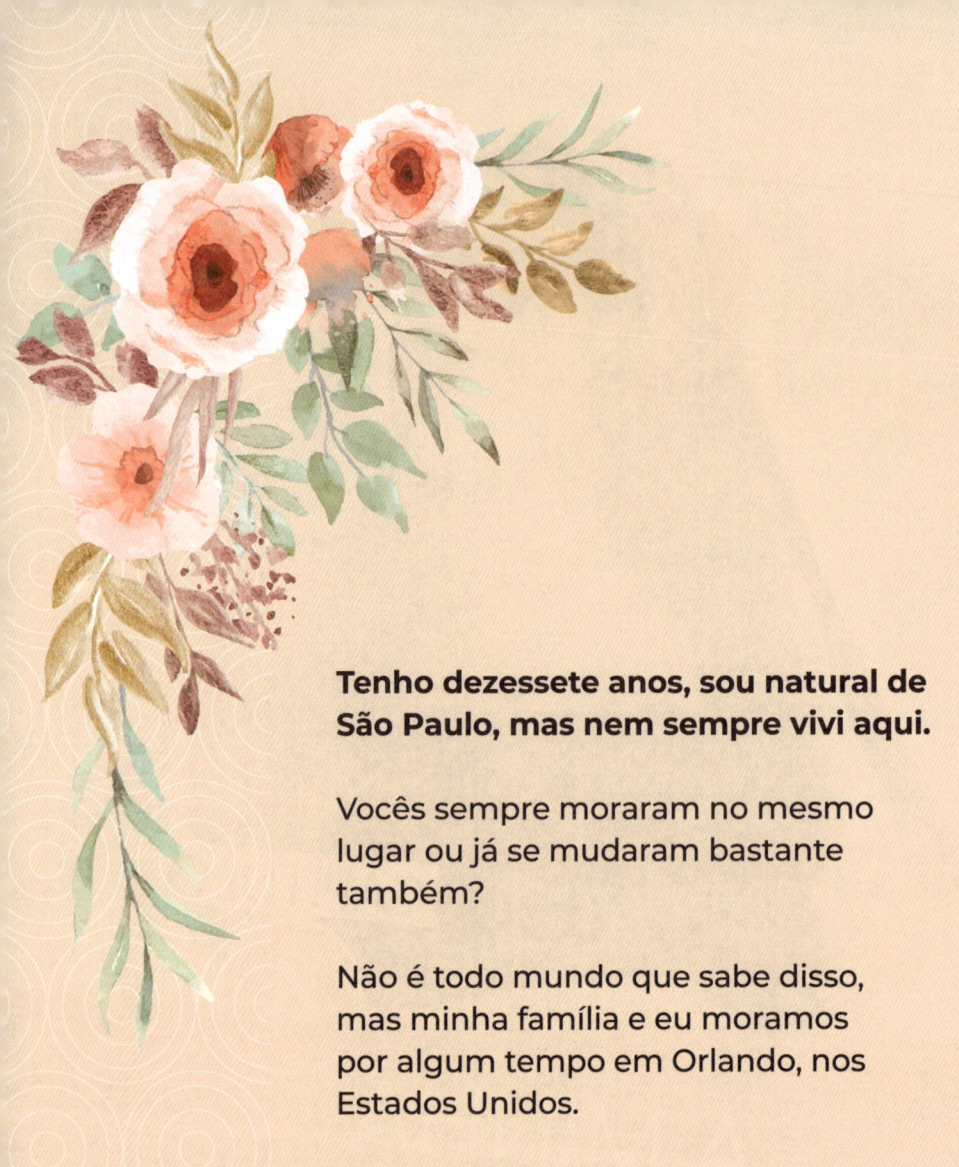

Tenho dezessete anos, sou natural de São Paulo, mas nem sempre vivi aqui.

Vocês sempre moraram no mesmo lugar ou já se mudaram bastante também?

Não é todo mundo que sabe disso, mas minha família e eu moramos por algum tempo em Orlando, nos Estados Unidos.

Momento **#AnaJuGeografia!!!**

A Flórida fica no sudeste dos EUA. O estado tem centenas de praias e uma das cidades mais famosas de lá é Miami. Orlando, outro lugar muitooooo famoso, fica na região central e é conhecido por abrigar alguns dos parques de diversão mais amados do mundo: entre eles, o Walt Disney World!

Agora, vamos voltar no tempo juntos, tá?

Eu tinha exatamente 11 anos quando nos mudamos de São Paulo para a Flórida! Nós ficamos lá apenas por um ano e três meses, mas posso dizer que **foi um período de muuuuito aprendizado.**

*UAU, FLÓRIDA! QUE SONHO!*

Você deve estar aí pensando: UAU, FLÓRIDA! QUE SONHO! E, sim, também foi o que eu senti a respeito da mudança no começo...

A ideia era que meus irmãos e eu aproveitássemos para colocar o nosso inglês em prática, já que tivemos a oportunidade de estudar o idioma desde crianças. Meus pais sempre insistiram que esse conhecimento seria valioso para o nosso futuro, e eu concordo plenamente! Para mim, aliás, estudar inglês nunca foi uma coisa chata, como sei que pode ser para muitas pessoas. Todo mundo tem suas matérias preferidas e as que não curte muito, né? E eu acho o máximo aprender a compreender e me comunicar em outro idioma!

**Então, com este objetivo, chegamos à Flórida!** Contamos com a ajuda de uma grande amiga da família, a Ângela. Foi ela que nos ajudou com toda a papelada e também a encontrar uma casa para alugar. Pensem numa burocracia!

Mas, apesar de estar com toda a minha família e vivendo em um lugar mágico, algo ainda não se encaixava, sabe?

Eu confesso que não sabia explicar o que era, **mas essa grande mudança levou com ela um pouco da minha alegria.** Já se sentiram assim também?

Eu pensava muito na minha pequena escola no Brasil. A que eu estudava lá nos Estados Unidos era tão imensa que me fazia sentir minúscula, além de um pouco perdida.

No começo, eu não entendia nada! Só sentia essa tristeza. **A minha sorte é que tive coragem de me abrir sobre meus sentimentos.** Chegou um momento em que resolvi falar com a minha mãe.

— Mãe... A gente precisa conversar.

— Sim, minha filha, pode falar.

— É que... Eu... Eu me sinto estranha aqui.

Minha mãe, que estava cozinhando, parou e me olhou, surpresa:

— Aconteceu alguma coisa, Ana? — Ela perguntou, toda preocupada.

Nos sentamos e ela segurou nas minhas mãos:

— Pode se abrir comigo.

**#DicaDaAnaJu:** Quando vocês se sentirem muito tristes, por qualquer que seja o motivo, conversem com seus pais. Às vezes, a gente precisa de ajuda mesmo, não tem nada de errado nisso! Depois de abrir o coração, a gente se sente muito melhor. Pode confiar em mim!

Naquela hora, foi muito bom sentir que eu tinha na minha mãe uma grande amiga. Espero que vocês também possam confiar de coração em suas mães. **São as pessoas que mais nos querem bem na vida!**

— Mãe, é difícil explicar... Eu só sei que me sinto estranha aqui!

— Você sente falta do Brasil? — Ela quis saber, ainda buscando respostas.

Como não conseguia entender direito o que estava sentindo, só fiquei em silêncio.

Então, minha mãe sugeriu que eu começasse a ir à sessões de terapia. Nunca tinha ido a um psicólogo antes e, num primeiro momento, fiquei bem nervosa, com medo de estar enlouquecendo. Eu não sabia como essas coisas funcionavam, pensava que seria estranho, que eu não ia gostar. Mas, no fim...

### Eu estava totalmente enganada!

A psicóloga que escolhemos era brasileira e muito atenciosa. Tinha um consultório divertido e colorido, bem diferente do que eu imaginava!

Ela me ajudou muito e, depois de algumas sessões, eu já estava me sentindo melhor. Foi por sugestão dela que decidi me inscrever em atividades extraclasse: as escolas nos Estados Unidos geralmente oferecem várias opções extracurriculares, dessas que se faz fora do horário de aula. Eu escolhi fazer aulas de culinária e de artesanato.

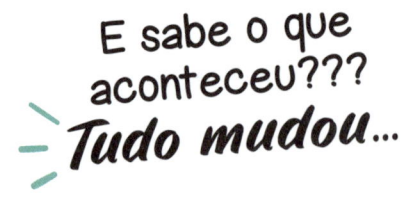

### E sabe o que aconteceu??? Tudo mudou...

Fui me encontrando novamente e, de repente, passei a aproveitar cada momento, até uma simples ida à padaria se tornou um grande evento!

Outra coisa superimportante nessa época foi a companhia do Iago, meu primo. Temos a mesma idade e ele estudava na mesma escola que eu. **Éramos super amigos!**

O Iago precisa de uma cadeira de rodas ou um andador para se locomover. Mas, podem acreditar, isso não o impede de fazer nada! Ele é uma das pessoas mais agitadas que conheço! Também é superinteligente e me mostrou que posso ir atrás do que quero **sem me deixar desanimar com as dificuldades.**

Ah! Falando nele, óbvio que não podia deixar de contar para vocês um mico em inglês, né?

Um dia, nós dois fomos ao mercado a pedido da minha tia. Um dos itens na lista de compras era sopa! Eu, que estava no treinamento intensivo e sóóó falava em inglês (mentiraaaa! hahaha), quis testar as minhas habilidades e soltei um: *we need to buy a soap!* O Iago me olhou estranho e disse: *are you sure, Ana Ju?* **Sabão???** E começou a fazer mímica, fingindo se ensaboar. Foi só gargalhada... É que a pronúncia das palavrinhas "soup" e "soap" é parecida e, se não falar certinho, você corre risco real de comprar sabão em vez de sopa!

Só para deixar claro, compramos certo, viu?!

## No final, todas as lembranças vão ser especiais.

Quando eu comecei a entender as coisas, parei de me sentir tão perdida com a mudança e todo o resto foi naturalmente melhorando junto.

**No final, todas as lembranças vão ser especiais. Pode confiar em mim!**

Hoje em dia, por mais que eu me lembre de tudo o que vivi na Flórida, da tristeza inicial, só sinto uma #gratidão gigante. Sabe por quê? Porque eu estava junto da minha família! E o nosso lar é onde a nossa família está.

**Nossa casa é onde estão as pessoas que nós amamos.**

Confesso que, quando fui me dar conta, estava voltando para onde? Brasil-sil-sil!

# CAPÍTULO 5

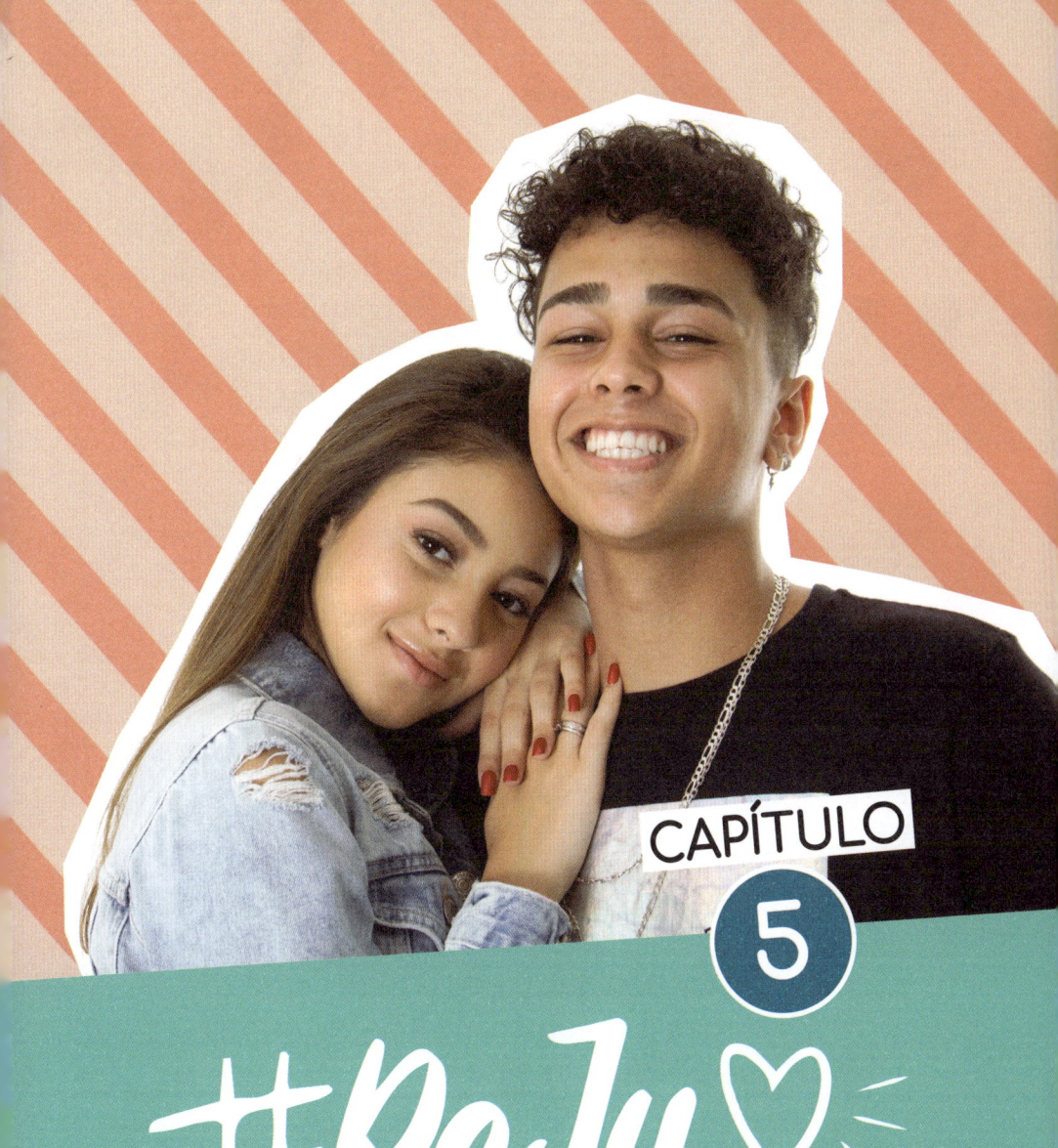

# #PeJu ♡

## Meu primeiro amor!

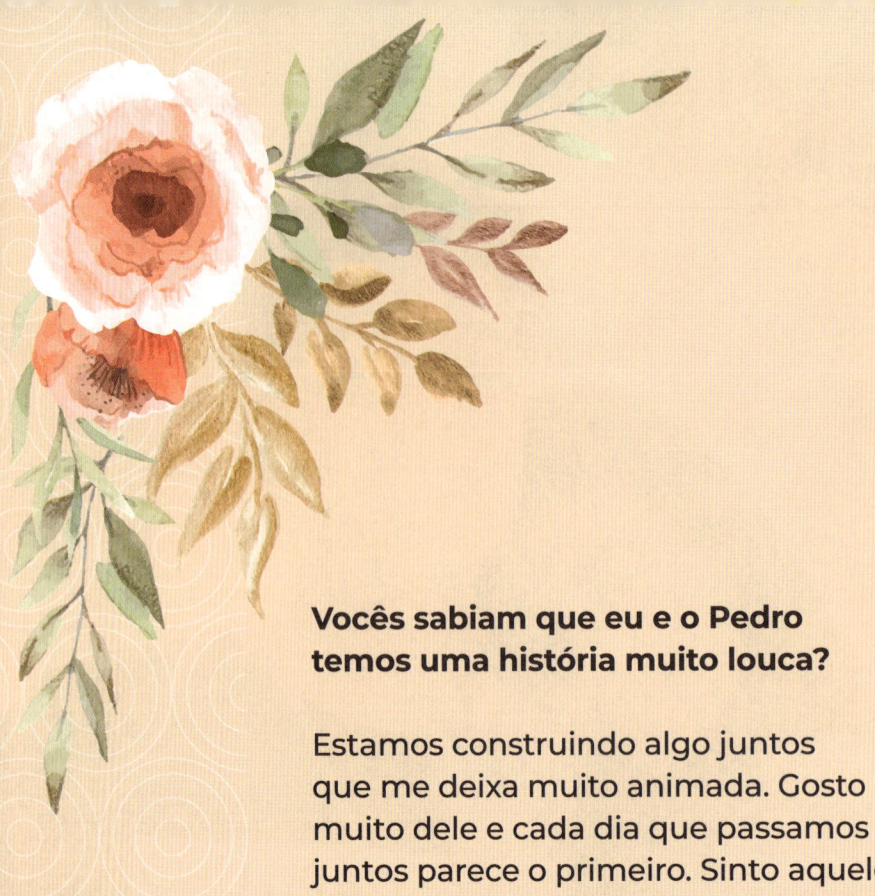

**Vocês sabiam que eu e o Pedro temos uma história muito louca?**

Estamos construindo algo juntos que me deixa muito animada. Gosto muito dele e cada dia que passamos juntos parece o primeiro. Sinto aquele friozinho na barriga... Meu sorriso fica mais fácil...

Mas será que vocês sabem como tudo isso começou? Pois vou contar AGORA, com detalhes!

Certo dia, já de volta para o Brasil, fui com os meus pais visitar o colégio onde iria estudar naquele ano.

**Conforme entrávamos na escola e andávamos pelos corredores, eu comecei a sentir uma vergonha absurda.**

## Meu sorriso fica mais fácil...

Todo mundo se abraçava, apertavam as mãos, brincavam uns com os outros. E, quando eu passei, pude perceber olhares sobre cada movimento que fazia. Era muito esquisito.

**A sensação que eu tinha era que todo mundo já se conhecia e eu era a estranha no ninho.**

Quem nunca se sentiu assim, né? Tudo bem, era a verdade. Mas será que precisavam ficar me encarando daquele jeito? Estranhos! Ou eu era a estranha? Ai! Sei lá!

— Vamos conversar com o diretor e com o coordenador, Ana Julia. — Meu pai disse quando paramos em frente à porta da direção.

— Não vá muito longe, ok? — Minha mãe completou.

E eu só pude dar uma risadinha como resposta. Para onde eles achavam que eu iria? Todo mundo que estava ali me olhava como se eu fosse a coisa mais esquisita do mundo.

Foi aí que aconteceu uma coisa e não me contive de alegria! Sério. Real oficial! Vi uma professora que eu conhecia de outro colégio, onde tinha estudado antes de me mudar para Orlando.

— Ana Julia! — Ela me viu também e abriu o maior sorriso. — Que prazer ver você!

Fui correndo até ela e nos abraçamos.

— Que bom te ver, Lívia! — Falei.

— Eu também fico muito feliz. Voltou de vez para o Brasil, então?

— Sim, sim. Tem pouco tempo, na verdade.

— E vai estudar aqui?

— Isso! Meus pais estão conversando com o diretor neste exato momento...

— Que legal, Ana Julia! Espero que dê tudo certo, viu?

Nos abraçamos de novo e Lívia entrou numa sala de aula barulhenta. Pelo pouco que pude ver, os alunos pareciam muito animados e agitados.

Na verdade, não imaginava que **bem ali, naquela sala, estava o menino que mexeria com o meu coração pela primeira vez.**

Quando meu pais saíram da sala do diretor, estavam conversando bem satisfeitos sobre como a proposta educacional do colégio era ótima, como eles ofereciam atividades extraclasse que poderiam me ajudar de inúmeras formas...

Confesso que nem ouvi ou prestei muita atenção. Estava com um bom pressentimento: algo mudaria na minha vida!

*E eu estava ansiosa por isso.*

Foi exatamente o que aconteceu!

No mesmo dia, recebi uma mensagem no Facebook, que acabou indo parar na caixa *Outros*, sabe? Onde ficam as mensagens das pessoas que a gente não tem contato. Por isso, eu acabei não vendo mensagem nenhuma! Não lembro bem com o que eu estava ocupada na hora, mas tenho quase certeza que envolvia pipoca e Netflix.

Mais tarde, ainda recebi uma "cutucada" no Facebook. Quem usa "cutucar", gente? Eu sempre achei aquilo muito besta! Hahaha.

Foi mais uma tentativa em vão... Até que...

**Chegou o temido primeiro dia de aula.**

Eu estava ansiosa para esse dia. E não de um jeito ruim! Tipo, sendo bem sincera, eu sempre fui estudiosa. Juro! Nunca fui do tipo que falta por qualquer coisa, que acha as aulas um tédio...

*Aprender sempre foi uma das coisas que mais amo na vida.*

Nesse dia, logo que cheguei à escola, vi que o primeiro horário seria da minha matéria favorita: História. Já pensei: *oba, vai ser um dia legal!*

Só não contava com o silêncio absoluto quando eu entrei na sala, tipo uma cena de filme. Sabe quando está aquele falatório e, no pior momento, todo mundo fica quieto? Que vergonha!

O resto da classe ficou me olhando e cochichando, como se eu não pudesse ouvir. A sensação era de que eu tinha me tornado o assunto deles. Mas como ter certeza? Não havia possibilidade.

Escolhi uma carteira bem no canto e me sentei, querendo ficar invisível e desejando, pela primeira vez na vida, que aquela aula terminasse o mais rápido possível...

Felizmente, tudo rolou de maneira tranquila e eu estava feliz e aliviada por conseguir acompanhar o conteúdo sem muita dificuldade.

No intervalo entre uma matéria e outra, a gente tinha um período livre de dez minutos. Como não conhecia ninguém e não tinha o que fazer, **resolvi gastar o tempo jogando Candy Crush.** Não me julguem!

Mas foi aí que aconteceu.

Um menino parou na frente da minha carteira. Reparei na hora que ele sorria de um jeito muito fofo, fazendo com que seus olhos ficassem pequenininhos, o que era MEGA charmoso.

— Olá! — Ele cumprimentou.

— Oi. — Respondi, timidamente.

— Você é nova aqui, né? — Ele perguntou, ainda sorrindo. — Me chamo Pedro, mas pode me chamar de Pepê!

— Oi, Pepê! Sou a Ana Julia, mas pode me chamar de Ana Ju.

— Ah, legal! Você quer que eu te mostre o colégio?

Nesse momento, um pensamento veio à minha cabeça...

Será que aquele menino estava só sendo simpático ou dando em cima de mim?

— Hmmm. Tudo bem. — Falei, tentando fazer parecer que não me importava muito, mas, por dentro, **meu coração fazia mais barulho que bateria de escola de samba.**

Quando saímos da sala, reparei que os amigos dele estavam dando risadinhas, mas tentei ignorar.

— E aí, Ana Ju? Você é de São Paulo mesmo? — Pepê quis saber.

— Sim, sou de São Paulo... — respondi, ainda meio nervosa e sem graça.

Enquanto caminhávamos pelos corredores da escola, contei para ele sobre a minha origem, minha breve estadia em Orlando e o retorno. Em poucos minutos, o nervosismo diminuiu e eu já me sentia à vontade! A conversa fluía de um jeito incrível... Juro. Parecia que a gente até já se conhecia!

Durante o passeio, o Pepê também me explicou como funcionavam as coisas no colégio. Tudo bem que o coordenador já tinha conversado com os meus pais, **mas eu não ia perder a chance de saber a visão de alguém que já estudava lá, né?**

— Se você precisar de algo, eu estou por aqui. É só pedir. — Ele falou.

— Tudo bem. — Respondi, feliz com a conversa.

— Inclusive... Se puder me aceitar no Facebook... eu agradeço... te mandei uma solicitação.

— Sério?! Eu nem vi, desculpa. Não tenho muito o costume de usar o Face.... — Falei. Mentira, né? Mas eu realmente não tinha visto, hehe.

— É que foi a única rede social em que eu te achei...

— Como assim?

— É que eu te vi conversando com a professora Lívia no outro dia e perguntei o seu nome.

— Hummm... — Respondi, sem saber o que pensar.

— E, desculpa, mas, além de te adicionar, cutuquei e mandei inbox. — Ele deu uma risadinha. — Sei que pareço meio doido, mas juro que não sou!

*Parece meio doido mesmo*, eu pensei.

— Tudo bem, tudo bem. — Tentei acalmar. Percebi que ele estava morrendo de vergonha e eu também sou do tipo de pessoa que, quando fica nervosa, **mistura as palavras e não consegue falar coisa com coisa!** Agradeci o Pepê e voltei para a sala.

Enquanto esperava a aula começar, decidi olhar o Facebook rapidinho. Ele realmente tinha me adicionado, me cutucado e me mandando um inbox:

**Pedro:**

Oi, Ana Julia!

Prazer, sou o Pedro.

Como vai você?

Se quiser alguém para conversar no seu primeiro dia de aula, pode contar comigo.

Se quiser qualquer ajuda também.

Meu coração disparou. Não tinha como ser diferente! O Pepê estava sendo extremamente fofo e simpático.

Quis responder na mesma hora, mas o professor chegou e tive que guardar o celular. Durante a aula, confesso que pensei muito nele...

À noite, acabei tomando coragem e mandei meu número do WhatsApp para ele. Só de ter feito isso, meu coração parecia querer explodir.

Vocês já se sentiram assim por alguém? MEU DEUS! O que estava acontecendo?

Coloquei meus fones de ouvido, ouvi algumas músicas da Ariana Grande e por dentro eu só queria gritar.

AAAAAAAH!!!

Pouco antes de dormir recebi a primeira mensagem do Pepê e foi aí que tudo começou...

- Pronto! Add
- Oie!
- Como vc ta?
- Eu to bem. E vc?
- Com fome hehehe
- Come alguma coisa, menino!
- To fazendo pipoca pra ver filme.
- Ah, legal
- Vc curte assistir o quê?
- Sério que vc quer saber?
- Ué! Pq?
- Pq eu vejo muitas séries!!
- Muitas tipo quantas?
- Muitas, Pepê! Muitas mesmo.
- Quero quantidade!
- Só agora, estou acompanhando umas sete.
- MEU DEUS DO CÉU!

> E vc?

Eu? Simplesmente chocado.

> Hahaha, para de ser bobo

É sério! Eu assisto poucas coisas, pq toda hora preciso ficar voltando, me distraio com o celular e, quando percebo, já não to entendendo mais nada

> Hahaha acontece! Por isso, quando eu vou ver série, já deixo o celular longe

É uma boa tática

> Inclusive, eu já estava indo assistir uma agora...

Não deixa o celular longeeeee

> Hahahaha

É sério! 😣

> Tudo bem, vou ficar um pouco mais aqui.

Oba! 😊 E o que vc tá achando do colégio?

> Ah... Ainda não dá pra ter uma opinião muito bem formada. Mas parece ser um lugar legal.

> Sim! Eu adoro. Acho que vc vai se dar muito bem!

> Valeu!

> E qualquer dúvida, sobre qualquer matéria, só me avisar, ein! 😊

> Opa! Isso vai ajudar muito! Quer dizer que vc é um dos nerds?

> Que nada!

> Como vai me ajudar então???

> Eu sei o caminho da biblioteca! 😊

> NOSSAAAAAA

> HAHAHAHA APOSTO QUE VOCÊ ESTÁ RINDO!

> Talvez

> Talvez nadaaaaa

> Tá. Vai. Foi um pouquinho engraçado.

> Obrigado, Ana Ju! ♥

Devo ter passado mais de uma hora conversando com ele naquela noite.

Sabem... Eu confesso que sempre fui meio durona. Não é que eu seja fria, mas sempre fui **muito cautelosa com os meus próprios sentimentos.** Gosto de saber exatamente o que estou sentindo e, de alguma forma, mesmo a gente tendo acabado de se conhecer, Pepê já mexia tanto comigo que me deixava confusa sobre o que estava sentindo.

Eu não estava
acostumada a me pegar
*suspirando pelos cantos*,
pensando em alguém...

Isso era novidade para mim. Mas, com certeza, era uma boa novidade!

# CAPÍTULO 6

## COINCIDÊNCIA ou destino?

*Façam suas apostas!*

**Sempre gostei muito de pensar sobre o destino.** Talvez, por assistir muitos filmes e séries românticas, aqueles que contam a história de pessoas predestinadas a viver certas situações.

Uma outra coisa que minha mãe sempre diz: "quando é para acontecer, até quem tenta atrapalhar acaba ajudando!".

E, algumas vezes, assistindo a esses filmes, eu me perguntava: **será que vai chegar a minha vez? Será que algum dia isso vai acontecer comigo?** Tudo bem! Sou muito nova! Sei disso. Ainda tenho uma vida inteira pela frente...

Mas, quando eu menos esperava... **Aconteceu!**

> Quando é para acontecer, até quem tenta atrapalhar acaba ajudando.

Pepê e eu continuamos trocando mensagens e estávamos mais próximos a cada dia.

Eu nunca tinha me apaixonado, então, não sabia definir direito aquela situação... **Mas, hoje, quando olho para trás, vejo que sempre estivemos juntos. Desde o primeiro olhar!**

Nossa relação foi se fortalecendo com respeito, amizade e muito carinho. **E, para mim, até hoje, essas são coisas muuuito importantes.**

Então, em um belo sábado...

— Ana Julia! — Minha mãe gritou da cozinha. Eu estava na sala, vendo *Gossip Girl*.
— Preciso que você vá comprar algumas coisinhas para mim...

— **Ai, não, mãe...**

#MomentoAnaJuIndica: Gossip Girl!

*Gossip Girl* é uma série baseada nas famosas narrativas de Cecily von Ziegesar. Ela conta a história de um grupo de jovens milionários através dos olhos de uma blogueira que sabe tudo o que acontece em suas vidas e é ávida por descobrir e expor qualquer escândalo!

Sábado é o meu dia OFICIAL da preguiça.
É assim com vocês também?

— Vai logo, Ana Julia! — Ela disse, me entregando a lista de compras.

Revirei os olhos e fui, né, fazer o quê?

Quando desci de elevador para o térreo, consegui ouvir o barulho que vinha da área da piscina. O dia estava lindo, o céu azul, o sol brilhando... Tudo tão bonito que algo me fez trocar de caminho e passar pela piscina, dar uma olhadinha no movimento.

E foi quando o vi:

**O PEDRO!**

Bem ali, sentado na beira da piscina do meu prédio, conversando com um grupo de amigos e rindo alto.

Tive um misto de sensações. Ao mesmo tempo em que estava feliz em vê-lo, fiquei mega ansiosa e tímida.

Só conseguia pensar: *não é possível que o mundo seja pequeno assim!*

**Só que, aparentemente, era possível, sim!**

— Ana Ju! — Ele gritou quando me viu.

Congelei por alguns segundos, sem reação. Só consegui dar um sorriso sem jeito e um tchauzinho de longe.

O Pepê se aproximou e me deu um beijo no rosto.

— Não vai me dizer que você mora aqui! — Ele perguntou, sorrindo.

— Pois é. Moro!

— Nossa. Que coincidência!

— E você, conhece alguém que mora aqui? — Perguntei.

— A Juju. É minha prima.

— Juju Franco? MEU DEUS! QUE MUNDO PEQUENO.

— Vocês se conhecem?

Quando eu o vi, tive um misto de sensações.

— Claro! A Juju é minha amiga aqui do prédio... Nossa... Chocada.

Pepê sorriu. Acho que estava pensando a mesma coisa que eu:

### Que coincidência maluca!

— Que legal que vocês se conhecem! Então, vem para a piscina com a gente? — Ele me chamou.

— Ai... Tenho que sair rapidinho para a minha mãe. — Mostrei a lista de compras para ele.

— Não seja por isso!

Não entendi nada. Pepê correu até a beira da piscina, pegou o chinelo e a camiseta e voltou.

— **Vamos lá! Eu vou com você.**

Ouunn! Muito fofo, né?

Sempre foi leve demais nossa relação. *A gente fala sobre tudo!*

Conforme íamos caminhando, conversamos sobre várias coisas. Sobre a vida, sobre nossas famílias, o que queríamos para o futuro... Sempre foi leve demais nossa relação. **A gente fala sobre tudo!**

Quando voltamos, Pepê foi para a piscina e eu fui correndo para casa, com a promessa de que logo estaria de volta.

Quando me olhei no espelho do elevador para ajeitar o cabelo, percebi que ainda estava com a expressão de choque no rosto. O coração, acelerado!

Quais as chances do Pepê ser primo de alguém que mora aqui no prédio?

Quais as chances dessa pessoa ser a minha vizinha?

Era *muito* insano!

Chegando em casa, entreguei as compras para minha mãe e corri para o meu quarto.

— E OS OVOS, ANA JU? — Ela gritou.

*Nooossa! Esqueci!*, pensei, procurando um biquíni em tempo recorde. Achei um azul que era o meu favorito e rapidinho me troquei.

Já estava passando protetor solar quando minha mãe apareceu na porta.

— Você esqueceu os ovos.

— Mãe, desculpaaaaaaa!

— E onde você vai? — Ela perguntou.

— Vou na piscina, mãe.

— Piscina? Que piscina?

— Aqui no prédio tem uma piscina enorme, mãe. — Respondi, rindo.

Minha mãe riu também.

— **Eu sei que aqui tem uma piscina, sua boba! Mas você nunca vai lá!**

— Eu sei... Mas tudo tem uma primeira vez.

— Hmmm...

— É que eu encontrei uns amigos do colégio lá, mãe.

— Entendi. Tudo bem... — ela falou, mas não parecia muito convencida.

Ainda no quarto, me olhei no espelho.

De repente, comecei a me sentir insegura demais! Meu cabelo estava estranho, tinha nascido uma espinha no meu rosto, estava me achando horrorosa!

— Respira, Ana Ju! — Falei para mim mesma.

Respirei fundo e dei uma olhada no espelho de novo.

Obviamente, era só o meu nervosismo! Terminei de me vestir, peguei o celular e desci.

Quando cheguei, a galera tinha saído da piscina e estava começando a brincar de pique-esconde.

— Vem, Ana Ju!
— Pepê disse, assim que me viu.

Me aproximei, meio tímida. Conhecia algumas das pessoas que estavam lá, mas não todo mundo.

— Então essa é a famosa Ana Ju! — Juju disse assim que me viu, cutucando o primo com o cotovelo. — Eu nuuuunca imaginei que a minha vizinha seria a mesma pessoa de quem o Pepê vive falando!

— **O quê? Ele fala sobre mim?** — **Perguntei, surpresa.**

**Você sabe como se brinca de pique-esconde? Vou te explicar!**
Uma pessoa tem que tapar os olhos e contar até 30 enquanto as outras se escondem. Depois, ela tem que encontrar todos os outros para ganhar a brincadeira. Sempre que achar alguém, volta correndo até o pique, dizendo "1, 2, 3" e o nome da pessoa encontrada. Se quem foi encontrado conseguir chegar antes no pique, ela se salva e quem estava procurando continua a busca.

Pepê olhou feio para a prima.

— Ela está só me zoando! — Disse.

Mas percebi que o seu rosto estava vermelho, ardendo de vergonha.

Juju só me olhou e deu uma risadinha, como quem diz: "*Eu sei os segredos dele*".

Até que alguém nos chamou para começar a brincadeira e deixamos o assunto de lado. O grupo tinha umas dez pessoas e a regra era se esconder apenas no térreo do prédio, o que já nos dava muitas possibilidades!

Um dos meninos começou a contagem e todo o resto correu, buscando o melhor lugar para se esconder. Fiquei perdida por um momento, mas o Pepê me puxou pela mão e corremos juntos.

## Quando percebi, todo mundo estava indo para um lado e, nós dois, para outro!

— Você sabe o que está fazendo? — Eu perguntei enquanto corria.

Ele me olhou, rindo.

— Não!

— Já imaginava.

— Você sabe de algum lugar aqui onde a gente possa se esconder?

— Sei! Vem comigo!

Agora, eu estava no comando.

— Nossa, a contagem está acabando! — Ele falou, desesperado.

— Vem cá! — Chamei, abrindo uma porta.

Entramos na sala onde ficam os materiais de limpeza da piscina. Tinha as garrafas de cloro, as boias e outras coisas do tipo.

— Acho que ninguém vai vir aqui.

Pepê estava ofegante.

— Então tá! É nossa chance de ganhar.

O jeito animado que ele falou me fez rir.

— É só um jogo de pique-esconde — falei.

— Mas eu gosto de ganhar.

— Tá bom! Mas vamos falar mais baixo, se não vão nos ouvir!

Pepê concordou e ficamos em silêncio por uns segundos. Sentamos no chão, encostados nas boias.

— Então... — Pepê falou, chamando a minha atenção. — Eu estava pensando em umas coisas aqui...

— Pensando em quê? Sobre outros lugares para se esconder? — Brinquei.

Ele sorriu.

*O jeito que ele falou me fez rir.*

— Não. Não sobre isso. Estava pensando sobre nós dois.

**Nesse momento, meu coração disparou.**

Será que ele conseguia ouvir? Porque, pelo amor de Deus, parecia um terremoto dentro de mim!

— É tudo tão legal quando estou junto de você. A cada dia que passa, descubro uma coisa nova que me faz gostar mais da sua companhia, Ana Ju. Eu...

Pepê parou de falar e me olhou nos olhos.

MEU DEUS! MEU DEUS! MEU DEUS!

Então ele suspirou e voltou a falar:

— **Eu acho que gosto de você.**

## Na hora, parecia que o mundo tinha parado só para ouvir nossa conversa.

Foi impossível não abrir um sorriso quando ouvi suas palavras. Num impulso, segurei a mão dele e nossos dedos se entrelaçaram de maneira natural.

— Pepê... — Falei. — Eu também gosto de você.

Foi incrível e, ao mesmo tempo, deu um frio imenso na barriga. Eu nunca tinha me declarado para alguém antes!

Pepê passou a mão levemente pelo meu rosto e, quando percebi...

**Nos beijamos pela primeira vez!**

Meu coração parecia querer sair do peito, as mãos só sabiam tremer e me senti como se estivesse flutuando pelo espaço.

O resto da história... bem, vocês sabem...

Desde então, **estamos juntos, muito felizes e compartilhando toda essa alegria com quem gosta da gente!**

E, ah... o destino pode até estar ali para dar um empurrãozinho, com certeza!

*Mas, no fim, somos nós que fazemos nossas próprias escolhas!*

## CAPÍTULO 7

# EU E mamãe

### Conversas sinceras

Alguns dias se passaram desde que tudo aconteceu. Normal, né? Não foi bem assim...

Vou falar uma coisa que é MUITO verdade: nossas mães nos conhecem de um jeito que ninguém mais no mundo conhece. Às vezes, melhor do que nós mesmos! A minha mãe, por exemplo, percebia meu sorrisinho toda vez que eu recebia alguma mensagem do Pepê, quando nem eu mesma tinha notado.

Em um outro sábado à tarde, estava no meu quarto, assistindo série, quando minha mãe bateu na porta. Ela entrou e sentou na cama, meio sem jeito.

Pausei e olhei para ela.

— Oi, mãe!

— Assistindo o quê?

— Gossip Girl.

— Ah, tá...

Percebi que ela queria conversar sobre alguma coisa, mas não sabia como puxar o assunto.

— Mãe? — Perguntei, e comecei a rir. Ela riu também.

— Eu sei que você quer me falar alguma coisa. — Falei, desconfiada.

— É. Quero sim.

*O que será?*, pensei, meio nervosa.

— Minha filha, você sabe que, antes de qualquer coisa, eu sou sua amiga, né? Pode confiar plenamente em mim.

— Sei, mãe. — Confirmei.

**Nossas mães nos conhecem** de um jeito que ninguém mais no mundo conhece!

— Aquele dia em que seus amigos estavam na piscina, fui atrás de você e não te achei. Perguntei de você e todo mundo só se olhou, rindo, como se estivessem guardando um segredinho... **Só quero que saiba que você sempre pode me contar tudo o que quiser.**

Emocionada, abracei ela com toda a força. Uma coisa que sempre amei na minha mãe é ela saber respeitar as minhas escolhas!

— Mãe, você quer saber se...

— Mas só se você quiser me contar! — Ela me interrompeu, erguendo as mãos.

Eu ri.

— Eu... perdi o BV.

Minha mãe sorriu, toda feliz.

— AI, MEU DEUS! A minha filhinha está crescendo!

Somos amigas, minha filha.

**Vocês sabem o que é BV, né? A tal da "boca virgem", que a gente "perde" quando dá o primeiro beijo!**

Foi um momento íntimo e de muita cumplicidade entre nós! Deitei no seu colo e ela disse algo que nunca vou esquecer:

— Sei que você não é mais aquela garotinha faladora que perguntava sobre tudo e todos. Ela está dando lugar a uma pessoa cheia de emoções, sentimentos e dúvidas próprias. Já passei por isso e sei que, nesta fase, é muito mais legal dividir nossos segredos com as amigas. **Mas não se esqueça que você também pode contar comigo. Estou sempre aqui!**

Mesmo muito emocionada, consegui falar:

— Te amo, mãe!

Contei para ela sobre como o Pepê fazia eu me sentir e todas as coisas engraçadas que faziam parte da nossa rotina. Minha mãe disse que conversaria com o meu pai e que gostaria que eu trouxesse o Pedro para um jantar em casa, para conhecer nossa família.

Esse foi um dos dias mais felizes da minha vida.

Agora, papo sério entre nós!

Você já disse hoje para sua família o quanto você os ama?

Então, diga agora mesmo!

## CAPÍTULO 8

# Sonhando ACORDADA

*Sonhar nos leva longe!*

**Euzinha sempre fui muito distraída e esquecida.** Distraída para coisas bobas mesmo, sabe? Tipo, sair para comprar uma coisa e voltar com outra!

— Ana Ju, aonde você está com essa cabeça, minha filha? — Minha mãe pergunta sempre.

— Sei lá, mãe!

— Só não esquece por aí porque está colada no pescoço, né?

Sempre ri disso. E, um dia, depois de me esquecer de algo que meu pai tinha me perguntado pela milionésima vez, ele falou:

— Essa menina vive sonhando acordada...

Eu adorei essa frase! Acho que combina muito comigo, porque se tem algo que eu AMO é poder sonhar. Os sonhos nos impulsionam e são capazes de nos levar a lugares incríveis!

**Vou compartilhar com vocês alguns dos meus grandes sonhos!**

Quando era bem pequena, sempre me imaginava vivendo em um conto de fadas. Em um castelo, onde os meus pais eram o rei e a rainha e, eu, a princesa!

Com o passar do tempo, cresci e descobri uma grande paixão pelo cinema... Fui deixando de ser a princesa no castelo para sonhar em ser uma grande atriz.

Adorava me maquiar, fazer uma produção com as roupas e

*Os sonhos nos impulsionam e são capazes de nos levar a lugares incríveis.*

sapatos da minha mãe e fazer de conta que era uma celebridade. **Dava até entrevista, falando da minha vida, família e sonhos!** Me imaginava estrelando filmes de Hollywood, participando de premiações, passando pelo tapete vermelho com o vestido do meu estilista favorito, um penteado incrível e a maquiagem impecável...

Depois de algum tempo, deixei este sonho também guardado em meu coração e parti para o próximo!

Em uma outra fase da minha vida, **o que eu mais queria era ser veterinária. Eu amo bichinhos!** Para mim, os animais são os seres mais puros do mundo e é nosso dever protegê-los.

Fiquei com esse plano na mente por um tempo, até o dia em que meu irmão me fez uma pergunta:

— **Ana Ju, como você vai ser veterinária se não consegue ver sangue?** Toda vez que alguém se machuca, você fecha os olhos... Você já pensou nisso?

A resposta era: NÃO!

Não tinha pensado mesmo.

E ele tinha razão. Eu tenho pavor de sangue e de machucados! Como poderia ajudar algum bichinho se não posso nem ver sangue?

Bom, oferecer amor e carinho, mesmo não sendo veterinária, já é algo muito especial e importante. Então, acabei deixando mais esse sonho guardado...

Hoje, aos dezessete anos, **tenho algumas ideias diferentes: quero trabalhar com moda ou com cinema!**

Calma, que não vou abandonar a carreira de digital influencer. Afinal, vocês, que me acompanham, são os meus presentes! Mas, quando chegar a hora de ir para a faculdade e decidir um caminho para o futuro, estas são as minhas principais opções.

Acho que é complicado a gente se cobrar tanto em relação a isso, sabe? Com o tempo, fui percebendo que deveria pegar mais leve comigo mesma.

E que não há problema algum em se sentir meio confuso sobre os nossos próximos sonhos e o que vamos fazer pelo resto da vida. **É uma decisão importante, para ser tomada com muita calma!**

Independente de qual seja o caminho escolhido, o mais importante é se sentir feliz com ele. E, é claro: **nunca parar de sonhar!**

Falando em sonhos...

Chegou a hora de falar sobre o dia que acabou se tornando um grande sonho para mim.

**A minha festa de quinze anos!**

Lembram quando eu contei do meu sonho de ser atriz?

> Vocês são os meus presentes! ♡

# #15daAnaJu

Aquele sonho de infância nasceu da minha paixão avassaladora por cinema e, consequentemente, pela grande premiação do audiovisual: o Oscar!

Quando meu aniversário de quinze anos foi se aproximando, o tema foi um assunto debatido por um tempão na família. **É que eu mesma nunca fui muuuito apegada a festas de aniversário:** preferia comemorar com presentes, viagens, novas experiências... Mas os meus pais insistiam que aquele era um momento especial!

— Acho que está na hora da gente fazer uma festa, sim! — Meu pai falou.

Minha mãe coçou a cabeça, pensativa.

— O que você acha, Ana Ju?

Eu estava com a cabeça confusa, cheia de ideias.

— Eu não sei...

Tinha catorze anos e vontade de viajar, conhecer um monte de lugares!

— Acho que é uma data ótima para comemorarmos. — Meu pai insistiu.

— Olha, quinze anos é uma data especial para qualquer menina! É um ritual de passagem. — Disse minha mãe, concordando.

*Ritual de passagem para quê?*, pensei comigo.

— Vamos fazer a festa, então, Ana Ju? — Meu pai me perguntou.

— Tudo bem, mas com uma condição! Eu é que vou decidir o tema.

Todo mundo concordou, afinal, a aniversariante era eu! Isso me deixou superanimada na hora. Mas não demorou para eu começar a ficar doidinha com as inúmeras opções possíveis. Minha cabeça não parava de viajar entre todas as coisas que poderiam ser o tema da festa...

Foi só uma semana depois que tive uma ideia e tudo ficou claro. **Tinha que ser o Oscar!**

*The Academy Awards* ou *The Oscars* é a premiação mais importante do cinema mundial. Eu assisto todo ano! Adoro torcer para os filmes favoritos da temporada, ver as makes e as roupas das atrizes... É tudo incrível!

**Quando contei para a minha família, todos se empolgaram junto comigo.** Minha mãe e eu começamos na hora a imaginar os penteados, os vestidos, as maquiagens e todas as coisas incríveis que poderíamos usar.

Eu estava feliz! Foi um momento muito especial!

As semanas seguintes passaram voando... Enquanto meus pais resolviam as questões mais complicadas do *buffet* e do salão, tive a liberdade para pensar nas roupas, penteados e maquiagem, além da música e da decoração.

**Tudo estava sendo incrível. Um verdadeiro sonho.**

Mas o grande momento se aproximava e eu ainda não havia decidido uma das coisas mais importantes! Até que, um dia, conversando com o Pepê...

> Ansiosaaaaaa?

>> Muito! Não consigo pensar mais em nada!

> Fica calma! A festa vai ser muito legal! Tenho certeza! 😊

>> Eu sei! Mas, aaai, é muita coisa para resolver

> Tipo o q?

>> Ah, meu vestido!

> Pode crer

>> É uma das coisas mais importantes em uma festa de quinze anos!!!

> Eu sei, eu sei

>> Eu vejo vários modelos diferentes, mas não sei o que fazer, aaaaaaaa

> Tem que ser algo que você se sinta confortável

>> Eu sei

> Algo que você vá se lembrar para sempre

>> Eu sei, eu sei!

> Tem que ser algo *belo*!

Depois disso, deixei o celular de lado. O Pepê estava me deixando ainda mais ansiosa.

Mas aí, quando ele me mandou um coraçãozinho, reli a nossa conversa toda e tive uma ideia!

E soube na mesma hora *o que eu queria!*

## CAPÍTULO 9

# E, NA NOITE do Oscar...

...o prêmio foi para a Bela!

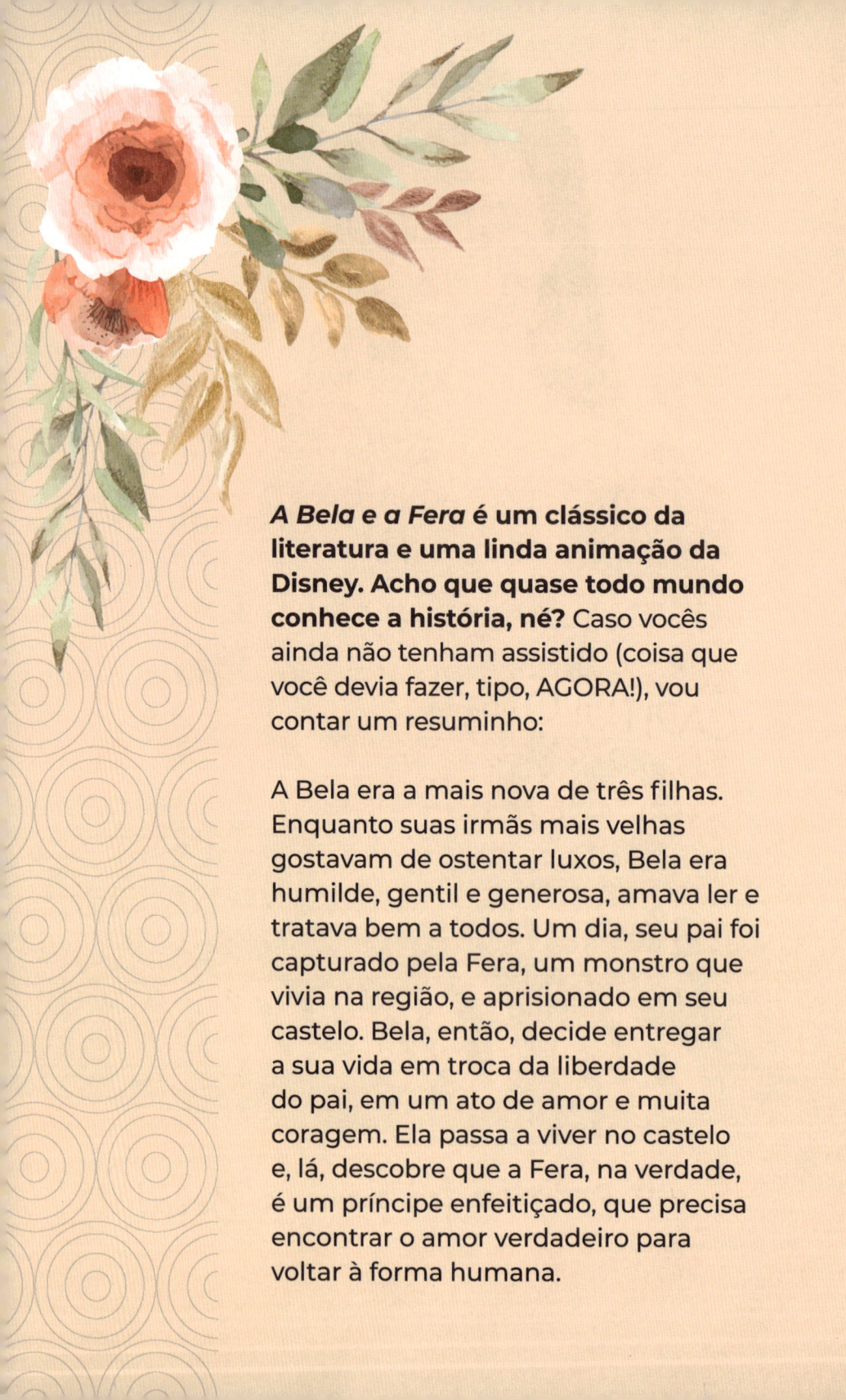

*A Bela e a Fera* é um clássico da literatura e uma linda animação da Disney. **Acho que quase todo mundo conhece a história, né?** Caso vocês ainda não tenham assistido (coisa que você devia fazer, tipo, AGORA!), vou contar um resuminho:

A Bela era a mais nova de três filhas. Enquanto suas irmãs mais velhas gostavam de ostentar luxos, Bela era humilde, gentil e generosa, amava ler e tratava bem a todos. Um dia, seu pai foi capturado pela Fera, um monstro que vivia na região, e aprisionado em seu castelo. Bela, então, decide entregar a sua vida em troca da liberdade do pai, em um ato de amor e muita coragem. Ela passa a viver no castelo e, lá, descobre que a Fera, na verdade, é um príncipe enfeitiçado, que precisa encontrar o amor verdadeiro para voltar à forma humana.

Sempre amei essa história: ela nos ensina a olhar para o coração dos outros em vez de julgar pela aparência, como fazemos muitas vezes.

**E o filme é simplesmente maravilhoso!**

Na conversa com o Pepê sobre o meu vestido, ele disse exatamente essa frase: "tem que ser algo *belo*".

Como eu não tinha pensado nisso antes?! **Meu vestido tinha que ser inspirado na Bela.** Queria me sentir a Bela no meu aniversário de quinze anos!

E foi exatamente o que aconteceu!

Que noite incrível! Eu nunca vou me esquecer. Sabe aqueles momentos especiais e felizes que você levará para o resto da vida? Então!

Tudo estava perfeito: minha família, meus amigos, meus colegas de classe e, claro, o Pepê, todas as pessoas que mais amo estavam lá! As músicas eram as minhas preferidas, a comida estava deliciosa e a decoração estava linda. Tive a certeza de que fiz a escolha certa!

Dancei, sorri e me emocionei o tempo todo. Era muito mágico sentir que todo mundo estava ali por mim, **comemorando junto comigo a minha felicidade, o meu momento.**

Também dancei valsa com meu pai, meus irmãos e com o Pepê! Ah, junto com meus amigos, fiz algumas apresentações de dança com pop e funk. Foi sensacional, um dos melhores momentos da festa!

Fui a menina mais feliz do mundo naquela noite!

A vida pode ser tão corrida que, às vezes, a gente se esquece de demonstrar nosso carinho e afeto para as pessoas que gostamos de verdade. Vocês também sentem isso?

Qual foi a última vez que vocês disseram aos seus pais como são gratos por tudo o que eles fazem e por todo o amor?

Enquanto eu me acabava de dançar na festa, pensei nisso. **E, a cada convidado querido que abraçava, eu fazia questão de agradecer muito.** #gratidãoerterna

Sobre os meus quinze anos, uma coisa é certa: a festa pode ter durado somente aquela noite...

**...mas as lembranças, uau! Ficarão guardadas no meu coração *para sempre!***

*Sabe aqueles momentos* especiais e felizes que você tem certeza que vai levar para o resto da sua vida?

Tanto é que quis trazer um pedacinho do meu álbum da festa
*para compartilhar!*

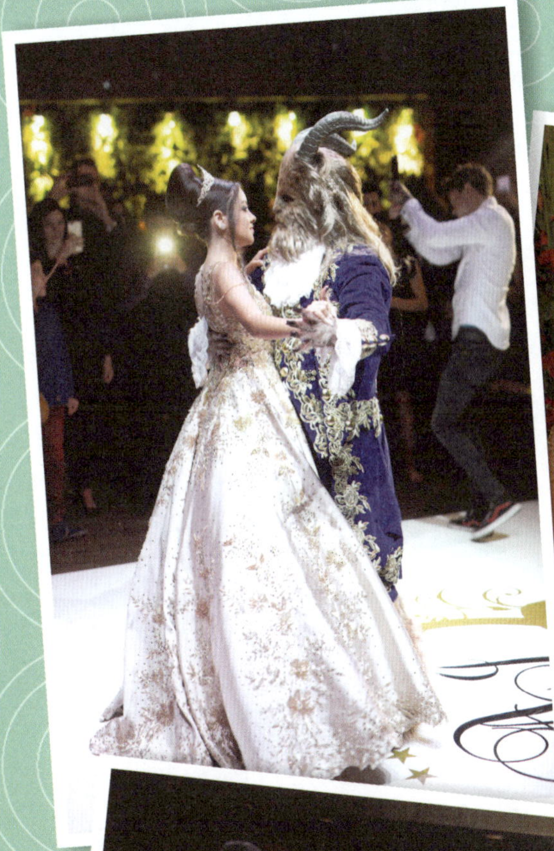

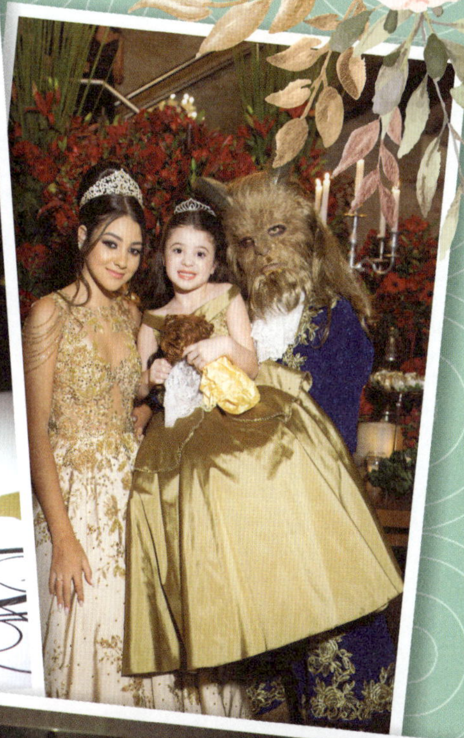

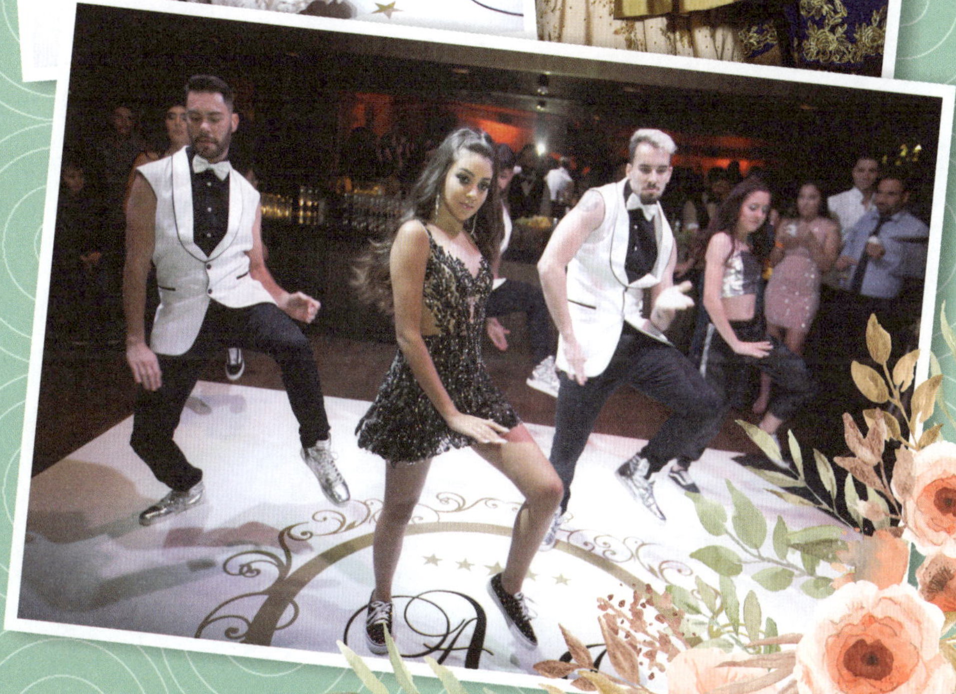

**CAPÍTULO 10**

# Fechando o DIÁRIO...

...e iniciando novas histórias.

Vem comigo?

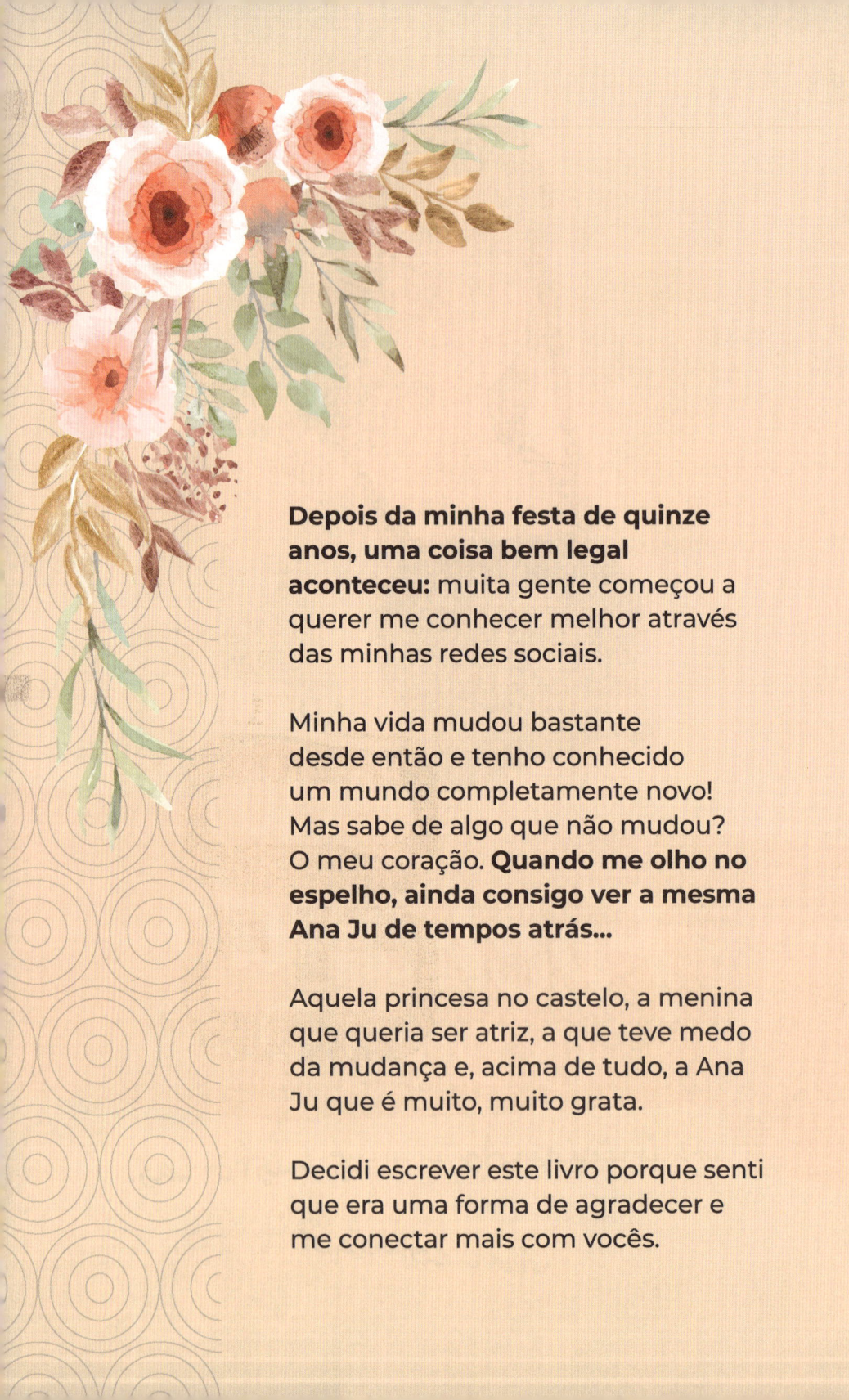

**Depois da minha festa de quinze anos, uma coisa bem legal aconteceu:** muita gente começou a querer me conhecer melhor através das minhas redes sociais.

Minha vida mudou bastante desde então e tenho conhecido um mundo completamente novo! Mas sabe de algo que não mudou? O meu coração. **Quando me olho no espelho, ainda consigo ver a mesma Ana Ju de tempos atrás...**

Aquela princesa no castelo, a menina que queria ser atriz, a que teve medo da mudança e, acima de tudo, a Ana Ju que é muito, muito grata.

Decidi escrever este livro porque senti que era uma forma de agradecer e me conectar mais com vocês.

Na verdade, eu queria mesmo era poder dar um abraço em cada um que me acompanha. Quem sabe um dia eu consiga, né?

**Por enquanto, esta foi a minha maneira de abraçar vocês!**

Entre muitas outras alegrias, alcançar o marco de 1 milhão no Instagram só foi possível porque vocês estão aqui comigo. Todos temos altos e baixos, momentos felizes e tristes. Mas, com fé em Deus, o amor da família e amigos e muito esforço, tudo vai dar certo. Lembra? **O importante é nunca deixar de levantar e tentar de novo!** Quando vocês precisarem de uma amiga para dar um empurrãozinho ou uma forcinha em um momento difícil, saibam que estarei aqui.

E continuem junto comigo pelas redes sociais, porque ainda tenho muuuita coisa para contar!

Para fechar esse encontro, quero aproveitar e deixar um recadinho muuuuito importante! Meus amores, guardem bem as minhas palavras.

**As redes sociais são legais. Eu amo! Amo tirar fotos bonitas. Amo colocar filtros legais. Amo gravar conteúdos para vocês. Amo muito!**

*Mas eu amo ainda mais a minha vida sem filtros.*

Amo abraço.

Amo beijos.

Amo segurar nas mãos.

Amo sentir cheiro de livro novo.

Amo ouvir o barulho da gargalhada de alguém.

Não vamos nos esquecer da vida real, da vida sem filtros, beleza? Foco nos estudos. Foco na gratidão por tudo. Foco nos seus sonhos!

Todo dia é dia de iniciarmos uma nova história.

*Beijos,
Ana Ju!*

## Agora é a sua vez!

É isso mesmo. Agora é a sua vez de contar a sua história.

Quem é você, sua família, seus amores, amigos e as coisas que você gosta. Eu tive coragem e compartilhei os segredos da minha vida. Agora, quero que você faça o mesmo!

Quero que você se sinta sempre especial. Que tenha orgulho de ser quem é!

**Compartilhe a sua história comigo também!**

# MINHAS redes sociais!

📷 @anajuelv

▶️ @anaju

🐦 @anajuelv

Já me seguem em todas as minhas redes sociais?

Ainda não?? Corre lá, galera!

Vamos conversar!!

## COMPARTILHEM SUAS FOTOS COMIGOOOOOOOOOO!

Quero ver as fotos de vocês com meu livro!

Por favoooor, compartilhem comigo!

Ah, e me marquem, usando a hashtag:

### #AnaJuSemFiltros.

Vou postar nos meus stories!

Dedico este livro a todos os meus seguidores, a minha família, meus amigos, meu namorado e parceiros comerciais: Studio Hmodels, Moisés Cardeiro Maker, Atelier Rafael Garroni e WJA Frufru Etiquetas.

Sem vocês, nada disso seria possível.

**Primeira edição** Setembro/2020
**Papel de capa** Cartão Triplex LD 250g
**Papel de miolo** Offset 90g
**Tipografias** Montserrat, Desyrel,
Ruth Calligraph e Gel Pen Upright